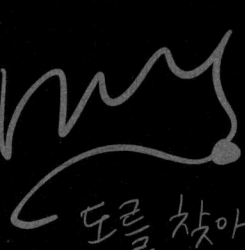

도를 찾아서....

2025. 10.

셀붕이의 도

양자역학적 모형

이미지

발몽이에 도

차례

셀붕이의 도 ·· 7
작가의 말 ·· 88

형들 품 안에서

중수는 갤러리 생활을 청산하고 마음 붙일 취미가 필요해서 클래식 면도 모임에 나가 좋은 형들을 만났다. 형들 집에 초대되어 형들과 엉덩이를 나란히 붙이고 싱크대에 서서 숫돌에 수돗물을 부어가며 면도날 가는 법을 배웠고, 주말이면 형들을 따라 종로로 출동해 파고다공원에서 노인들을 화단 경계석에 눕혀놓고 면도 봉사를 했다. 증오가

사라지고 마음에 평화가 찾아오는 듯했다.

    소나무 그늘이 드리운 무릎 높이의 화단 경계석에 노인들이 얼굴에 하얀 면도 거품을 바르고 얌전히 누워 있었다. 형들은 무릎을 꿇고 노인들의 희고 딱딱한 수염을 옛날 이발사의 방식으로 밀었다. 물과 면도 비누를 섞어 직접 면도 거품을 만들고, 코밑부터 목까지 브러시로 거품을 바르고, 노인의 얇고 늘어진 살을 걷어 올리며 일자 면도기로 꼼꼼하게 면도했다. 그런 형들 옆에서 중수가 하는 일이라고는 뽀얀 거품이 폭신하게 올라온 사발을 들고 서 있는 것이었다. 신부님 옆에서 성체 그릇을 들고 서 있는 복사처럼.

    그러나 찬란한 계절의 실외에서는 거품이 쉽게 말랐고 형들은 중수가 들고 있는 사발을 오소리 털로 만든 브러시로 휘저어 죽은 거품을 되살렸다. 그럴 때면 중수는 마음이 평온하면서도 무너졌다. 형들이 브러시를 돌릴 때마다 사발을 받쳐 든 손이 살짝 처지며 섬세한 압력이 느껴졌고 그것이 잃어버린 우정을 떠오르게 했다. 여기서 우정이란 중수가 매일 공들여 글을 올리고 댓글을 달았던 선언문 갤러리의 셀붕이들이 망가뜨린 그것을 말한다.

"봤냐?" 면도를 갓 마친 형이 노인의 보드라운 뺨을 쓸어내리며 말했다. "이게 K-BBS다!"

우리는 우리가 어딘가에 소속되었다는 것을 어떻게 아는가. 언제부터 '나는 완전 거기 사람이지'라고 말할 수 있는가. 모임의 내부 용어가 입에서 툭 튀어나올 때부터다. 모임 밖의 사람들은 무슨 뜻인지 감조차 잡지 못하는 말을 첫 숨처럼 내뱉으며 우리는 비로소 한 모임의 진정한 멤버가 된다.

BBS, Baby Butt Smooth. 그것은 전 세계 면도인이 즐겨 쓰는 말로 수염을 최대한 바짝 깎아 얼굴을 만지면 아기 엉덩이처럼 부드럽다는 뜻이다. 그만큼 면도가 잘되었다는 면도하는 사람끼리의 상찬. 처음 그 말을 듣고 중수는 그 말에 문제의 소지가 없는지 챗GPT에 물어보았다. 챗GPT는 의도와 다르게 어린아이의 신체 부위를 가리키는 단어가 쓰이므로 사용하지 않기를 권하며 대체 표현으로 '성인 항문 바로 옆 살처럼 부드러운'을 추천했다.

아기 엉덩이처럼 부드러운. 그렇다면 SNS에 어린 자식의 목욕 사진을 올리는 것은 어떤가. 엉덩이를 복숭아 스티커로 가리고 더 내밀한 부위를 잎사귀로 가려서 내보내는 것은 된다는 건가. 그것은 허용되고 이것은 안 된다면 형평성에 어긋난다. 중수는 불공정에

항의하고자 스스로에게 BBS를 금하지 않기로 결정했다. 형들은 BBS에 한류를 뜻하는 접두어 K를 붙여 면도계의 흔해빠진 은어를 조직만의 특별한 구호로 바꾸었다. 면도가 잘되면 형들은 외쳤다—보아라, 이것이 K-BBS다.

날이 저물기 시작했다. 멀리서 북소리가 들렸다. 광화문에서 집회가 시작되고 있었다. 면도를 마친 노인들이 목을 쭉 뽑은 채 매끈한 얼굴을 세상에 들이밀고 "전면전! 전면전!" 외치며 떠나갔다.

중수와 면도 모임 사람들은 카페에서 뒤풀이를 했다. 회장 형이 테이블 가운데 현미경을 올리자 각자 집에서 가져온 일자 면도기를 꺼냈다. 작은 칼처럼 보이는 면도기들이 테이블에 잔뜩 널려 있어 사람들이 불길하게 쳐다보았다. 중수는 이런 것을 좋아한다. 사람들을 두렵게 만들고는 사람들이 무슨 짓이냐고 따져 물으면 두 손을 번쩍 들고 아무것도 안 했는데요? 할 수 있는 귀여운 자유.

형들이 돌아가며 현미경 렌즈에 눈을 붙이고 면도날의 단면을 세밀히 관찰했다. 연마에 대한 진지한 분석과 토론이 펼쳐졌고, "형수는 알아요? 형이 이번에 이베이에서 직구한 빈티지 독일 졸링겐 면도기 50만 원 넘는 거?" 같은 말이 정해진 대사처럼 오갔다. 형들 사이에서 웃고 떠들다 보니 중수는 선언문 갤러리 친구들이 보고 싶어졌다. 만일 그들을 오프라인에서 만난다면 보자마자 쭉 걸어가 잘 연마한 칼, 예컨대 회장 형이 선물한 일본도로 찌를지라도 일단은 그리웠다.

선언문 갤러리는 말 그대로 선언문을

올리는 게시판이자 커뮤니티였다. 중수를 비롯한 몇몇 헤비 유저는 고정 닉네임을 달고 하루가 멀다 하고 선언문을 올렸다. 왜 매일 쓰는 글이 일기가 아니라 선언문이었느냐고 묻는다면 개인적으로 느끼는 둘의 질감이 달랐다. 중수에게 일기냐 선언문이냐 하는 것은 고개 각도의 문제였다. 일기가 자기 배꼽을 보며 쓰는 글이라면 선언문은 턱을 들고 군중을 향해 쓰는 글이었다. 나를 보러 전봇대에 올라간 사람들, 기둥에 매달린 그들을 자애로이 바라보곤 그대로 시선을 길게 뽑아 광장을 가득 메운 군중을 향해 피 터지게 외치는 호소. 고도로 논리적이면서도 흥분으로 돌아 있어 사람들로 하여금 세상을 완전히 새롭게 보게 하고 생각만 하던 소심함에서 벗어나 행동하게 하고 마침내 수천, 수만 개의 심장을 녹여 거대한 하나의

에너지로 만들어 폭발토록 만드는 글이 중수가 추구하는 선언문이었다. 선언문을 쓸 때면 중수는 정신의 대장장이가 된 듯했다. 경직된 인간들의 꿈쩍 않는 생각을 불에 달궈 말랑하게 녹이고 두드려 자신이 짜놓은 틀에 딱 맞게 굳힐 때 느끼는 힘이 있었다. 그 힘은 고개를 깊이 숙여 목뼈를 볼썽사납게 뾰족히 세운 채 배꼽에다 대고 중얼대는 일기에서는 전혀 느낄 수 없는 것이었다.

    선언문이 중수를 새사람으로 만들었다. 비록 현실에서는 일기든 선언문이든 집에서 홀로 쭈그려 쓰는 글이지만 마음에서 울려 퍼지는 목소리의 크기가 완전히 달랐다. 선언문을 쓰고 나면 백만 군중 앞에서 목 놓아 외친 듯 목에서 기분 좋은 따끔거림이 느껴졌고 짭짤한 피 맛까지 돌았다. 선언문에는 일기엔 없는, 자신을 큰사람으로 느끼게 만드는 웅대함이 있었다.

중수 같은 이들이 모여 만든 것이 선언문 갤러리였다. 오가는 사람은 적었지만 충성심 깊은 멤버들이 매일 긴 글을 올렸다. 첫 문장만 보아도 누구의 글인지 알 만큼 수년을 문우로 지냈고 서로의 정신세계에 빠삭했다. 현실 세계에서 만난 적이 없다는 것은 우정에 손해가 되지 않았다.

처음에 그들은 서로를 선언문의 앞 글자를 따서 선붕이라 불렀으나 나중에는 셀붕이로 바뀌었다. 셀은 인셀 할 때의 셀, 붕이는 갤러들끼리 서로를 친근하게 부르는 호칭. 둘을 합쳐 셀붕이. 지은 사람은 중수였다. 실험실이 떠오르는 차가운 '셀'에, 구수하고 토속적인 '붕이'를 접붙인 셀붕이란 말이 너무도 귀엽고 애달파 중수는 납작한 글자를 3D 프린트로 부풀려 사탕처럼 빨아

먹고 싶을 지경이었다.

비자발적 독신자(Involuntary celibate)의 약자인 인셀(Incel)을 또 한번 줄여 꼭지만 똑 딴 셀. 그것은 성교를 원하지만 타의에 의해 하지 못하는 사람을 조롱하는 말이다. 비자발적 독신자라는 짐짓 학술 용어처럼 보이는 차분한 말 속에 남성혐오의 불길이 조용히 타오르고 있다. 요새 사람들은 갖가지 악행, 예컨대 대량 총기 난사 사건을 접하면 바로 인셀의 소행이라 지레짐작한다. 마치 이성과 잔 적이 없다는 것이 사람을 쏘아 죽일 만큼 중요한 일이라도 되는 것처럼. 게다가 성 경험이 없다는 중립적인 사실을 매력이 없다는 가치 평가와 뒤섞어 당사자들로 하여금 스스로에게 의구심을 품도록 가스라이팅한다. 선언문 갤러리에 오는 불특정 다수라는 손님들도 선언문은 읽지도 않은 채 '응, 다음 인셀' 하고 댓글을 단다.

중수는 적들이 우리를 폄하하기 위해 붙인 호칭을 적극적으로 끌어안아 우리 스스로를 부르는 데 썼다. 자조적인 별명을 스스로에게 붙임으로써 우리의 여유, 우리의 넉넉한 가슴, 우리가 품은 테스토스테론 망망대해의 흔들림 없는 의연함을 보여주고 싶었다. 엘리베이터에서 칼에 쑤셔지면서도 그것밖에 못 하겠냐는 양 제 손으로 상대의 칼날을 잡고 직접 자기 배를 쑤시며 "들어와, 들어와" 손짓하는 기세를 보여주자고. 그것이 수없이 회자되는 그 영화의 교훈이 아닌가? 나를 공격하는 것을 낚아채 가지고 노는 것. 무기를 장난감으로 격하시키는 것. 〈멸칭의 선취: 찐따라고 불리기 직전에 찐따라고 커밍아웃하기〉는 바로 이런 발상에서 시작된 글이었다.

중수도 때로는 갤러리에 와서 난장을 부리는 사람들 때문에 화가 났다. 자신을 모욕하는 것은 괜찮다. 자신의 선언문을 비판하는 것은 오히려 환영이다. 그러나 글을 읽지도 않고 편견 어린 딱지를 붙이는 것에는 분노한다. '응, 다음 인셀.' 그것은 개별성, 그들이 그토록 사랑하는 개개인의 다름을 인정하지 않는 거 아닌가? '응, 다음 인셀' 할 때, 그들은 범주라는 폭력을 저지른다. 우리의 절실한 글쓰기가 성교를 하지 못해 흘러나온 분비물, 갈 곳 잃은 정액이 뭉쳐진 뿌연 몽정 같은 것이라니. 갤러리의 글들이 갤러리 폐쇄 경고를 받을 만큼 위험 수위까지 치달은 데에는 이러한 배경이 있었다. 이른바 맥락, 그들이 그토록 좋아해 입에 달고 살아가는 콘텍스트라는 것이 있었단 말이다.

"뭔 생각을 그렇게 해?"

눈을 뜨니 다리 떠는 형이 중수의 눈앞에 있었다. 언제나 다리를 떨어 바지 바스락거리는 소리를 내는 그는, 잠시도 가만히 있지 못하고 자신이 가진 건조하고 추레한 것들을 모두 비벼 사부작대는 사람이었다.

"무슨 잡념이 그렇게 많아. 회장 형이 돌린 수건에 뭐라고 적혀 있냐. 면도는 남자의 명상이다. 집중하자."

"머리털 가져오랬더니 누가 거시기 털 가져왔어!"

형들의 명랑한 웃음소리가 들렸다. 페트리접시에 구불구불한 음모가 놓여 있었다. 까불거리던 형들도 면도날의 절단력을 테스트할 때만큼은 진지했다. 면도날을 쥔 채 체모의 섬유 구조를 가르는 손끝 감각에 집중했다.

"중수야, 이거 가져가. 주는 거 아니고 빌려주는 거야." 회장 형이 숫돌과 가죽 스트롭을 내밀며 말했다.

"아니야, 가져. 회장 형 잘살아. 도련님이야. 그러니 그냥 먹어."

다리 떠는 형이 말했다.

"솔직히 가죽 스트롭은 가져도 되는데 숫돌은 안 된다. 일본의 100년 가업 이발소가 코로나로 망하면서 흘러나온 놈을 경매로 산 것이거든. 한 세기 동안 쇠와 싸운 돌이라고. 그건 먹으면 안 된다, 중수야" 회장 형이 말했고 "아냐, 먹어도 돼, 먹어, 먹어" 다리 떠는 형이 말했다.

회장 형은 유명한 숫돌 컬렉터였다. 요리사들로 이루어진 칼 사랑 모임 사람들에 견주어도 뒤지지 않는 수집가였다. 그런 그가 귀한 돌이 들어오면 사람들에게 한번 써보라며 돌을 돌렸다. 돌이 든 택배 상자가 깜짝 선물처럼 도착해 풀어보면 지푸라기 색종이 안에 돌이 비석처럼 누워 있었고 짧은 편지가 동봉됐다—숫돌이 왜 숫돌인지 아니? 칼날이 벼려질수록 자신은 무뎌지는 헌신적인 수컷이라 숫돌. 돌들의 이동. 그것은 우정의 전파였다.

    형들은 착했고 중수는 그것의 가치를 알아볼 줄 알았다. 그러나 그가 되고 싶은 것은 그들이 아니었다. 중수는 사상적으로 위대해지고 싶었다. 낯선 생각으로 사람들을 놀래고 싶었다. 남과 다르기만 하다면 틀린 소린 줄 알면서도 자신도 믿지 않는 말을 눈 깜짝하지 않고 해댔다. 중수는 다른 사람의 선언문을 표절한 대량 살인범을 경멸했다. 한 총기 난사범은 앞선 총기 난사범의 매니페스토를 인용 표시도 하지 않은 채

28퍼센트 베꼈다. 중수의 꿈은 표절률 0퍼센트의 선언문을 쓰는 것이었다. 하루빨리 선언문 갤러리로 돌아가 다시 선언문 집필에 착수하고 숙고를 폭발시키고 싶었다. 형들 품 안에서 그는 행복하면서도 초조했다.

"중수는 어디서 면도 작업하니?" 회장 형이 물었다.

"집에서요."

"자취?"

"예."

"거짓말." 다리 떠는 형이 끼어들었다. "돌보낼 때 보니까 주소가 아파트던데 자취를 한다고? 너도 도련님이냐?"

"아니, 엄마 집, 엄마랑 살아요."

"어머니 성함이 김활녀?"

"중수야, 애가 이래. 우리도 미치겠어." 다른 형이 다리 떠는 형을 가리키며 말했다.

"우리가 택배 때문에 주소를 공유하잖아. 근데 그걸 가지고 자꾸 부동산 등기부등본을 떼본다니까? 너 진짜 왜 그러냐."

"아, 소송하시든지."

중수는 현미경으로 돌아갔다. 아이피스에 눈두덩을 깊이 누르자 눈알이 튀어나올 것 같았다. 사람들이 중수의 주소를 알고 있었다. 주소지 주인의 이름도 알고 있었다. 돌들의 이동은 우정의 전파가 아니었다. 어디에 사는지 노출되어 언제든 공격당할 수 있는 가능성이었다.

중수는 외할머니—김활녀—의 집에 피신해 살고 있었다. 살던 자취방이 셀붕이들에게 좌표가 찍혔다. 3, 4년 진에 갤러리에 올린 사진을 어떤 인간이 기어이 발굴해 창문에 비친 폐건물을 토대로 중수가 어디에 사는지 알아내 주소를 유출했다. 그

후로 몇 차례의 공격 위협이 있었고 중수는 무작정 집을 나와 엄마의 집으로 들어갔다.

　본가로 돌아간 날에 중수 엄마는 "내가 그리 잘못했니? 서른이 다 된 아들을 독립시키려고 자취방 월세를 내준 게 그리 잘못이니? 잘못이 아니라면 어떻게 네가 나에게 자취방도 아니고 빈집에 생돈을 내게 할 수 있니?"라며 울었다. 모처럼 모자의 지옥문이 열리려는데 때마침 활녀에게 안 좋은 일이 생겨서 중수는 활녀의 집으로 보내졌다. 엄마와 이모가 무덤가에서의 가족회의를 통해 중수를 요양보호사와 단둘이 사는 활녀에게 유배 보내기로 했다. 활녀가 한 달째 말을 안 하는 것을 보니 말 못 할 사연이 생긴 것 같은데 아무래도 혈연이 하나쯤 붙어 있어야 안심이 된다는 이유였다.

　선언문 제721호 〈요양보호사라는

비혈연관계를 감시하는 핏줄이라는 암행어사라는 존재, 과연 온당한가?). 짐을 싸는데 중수의 머릿속에서 자동으로 선언문의 얼개가 짜였다. 갤러리 생활을 청산해도 중수는 뼛속까지 선언하는 인간이었고 그런 생각을 하자 왠지 눈물이 났다. 얼마 후에 중수는 활녀, 입주 요양보호사 정 선생, 그리고 미국에서 귀국한 이모의 딸인 사촌 누나와 함께 살게 되었다. 초등학교 5학년에 미국으로 유학을 떠난 누나는 서른 중반이었다.

"미국 가자니까요."

다리 떠는 형이 칭얼댔다. 날이 완전히 어두워져 카페 유리창에 조명을 받은 사람들의 빛나는 얼굴이 떠다녔다. 여름 정기 여행을 어디로 갈지 정하는 중이었다. 숫돌 쇼핑의 메카인 일본의 사가현과 면도

페스티벌이 열리는 미국의 텍사스주가
맞붙었다. 중수는 체크 남방을 입은 수염
무성한 마초들이 누가 먼저 수염을 미나
내기하는 텍사스에 가고 싶었지만 미국이든
일본이든 돈이 없어 못 가기는 매한가지였다.

"미국에 진출해서 K-BBS를 보여주자고요.
서양인들 수염이 숱이 많아 그렇지 그거 다
물탱이 모발이잖아요. 걔들 수염이야 뻗대는
거 없이 야들야들해서 우리 중수가 눈을 감고
밀어도 바로 애기 궁둥이 만든다 안 해요.
우리 수염이 딱딱하고 뻣뻣해서 잘 안 밀리지.
그래서 우리의 면도 테크닉이 예술적으로
발달한 거고요. 그러니까 중수야, 가자, 응?
미국 가자, 돈 없니? 엄마한테 달라고 해라.
안 주시면 형이 네 돈까지 마련한다. 그러니
가자, 응? 가자, 가자, 가자, 가자, 가자,
가자……."

❖

자살한 노인들이 기부한 돈으로 만든 묘지공원에서 가족회의가 열렸다. 갑자기 입을 닫은 활녀를 누가 돌볼지 정하려는 것이었다. 언니인 중수 엄마와 동생인 미히 엄마가 무덤 사이를 걸으며 공방을 벌였다. 중수가 둘을 뒤따랐다. 미히는 오지 않았다.

자매는 자기 자식에게 엄마를 떠넘기는 것이 아니라 받아안게 하려고 애썼다. 자기 핏줄이 정 선생을 몰아내고 그의 자리를 차지하여 백수 생활을 청산하고 조모 돌봄이라는 일자리를 얻길 바랐다. 구직 활동에 실패한 손주가 조부모의 요양보호사가 되는 일이 흔해진 지 오래였다. 할머니의 기저귀를 묵묵히 가는 손녀, 식탁에서 휴대폰만 보는 손녀, "다른 서비스직보다야 편하죠, 여기는 진상 고객이 한 분이시니까……" 다정히 말하며 골다공증이 심한 할아버지가 걸려 넘어지지 않도록 바닥의 모든 전기선을 벽에 붙이는 손자. 중수와 미히도 그 길을 가야 했다.

몇 년 전에 남편을 여의고 혼자 살던 활녀가, 본래 방문 요양보호사였던 정 선생을 입주 요양보호사로 직고용해 집에 들어앉혔다. 센터를 그만두게 하고 개인적으로 계약을 맺어 월급으로 450만 원을 지불했다. 시세를 크게 웃도는 돈이었다. 그 돈만 생각하면 딸들은 잠이 안 왔다. 엄마가 거동이 불편했다면 덜 억울했을 텐데 활녀는 모든 일을 혼자 할 수 있었다. 그럼에도 마음이 적적하고 허해서 그 돈을 주고 정 선생을 말벗으로 썼다. 말동무 값이 450만 원이었다.

자매는 《황금 뇌를 가진 사나이》 동화를 떠올렸다. 정 선생이 둘의 머리 뚜껑을 따고 뾰족한 손톱으로 돈을 긁어가 머리에서 드르륵드르륵 소리가 나는 것 같았다. 활녀가 정 선생에게 월급을 오래 줄수록 딸들이 물려받을 재산이 줄었다. 돈이 핏줄 밖으로 줄줄 샜으므로 손자와 손녀가 손을 잡고 정 선생을 몰아내는 데에는 딸들의 자존심도 걸려 있었다.

정 선생은 애석하게도 사기꾼이 아니었다. 그의 고매한 인격이 일을 복잡하게 만들었다. 자매마저 정 선생과 대화하다 보면 그를 집에 갖다놓고 싶어졌다. 그와 있으면 마음이 편하면서도 삶의 원칙이 단단해지는 기분이었다. 온몸의 근육이 풀려 노곤하면서도 척추가 바로 서는 감각. 그는 상대를 비난하거나 판단하지 않으면서도 자연스레 더 나은 사람이 되게 했다. 그러나 그것은 시골 보건소나 개척 교회를 잘 뒤지면 발견되는 미덕이 아닌가? 발품을 팔면 얼마든지 공짜로 구할 수 있었다.

"애들이 정 선생을 이길까?"

"무슨 수로. 애들 나가 사는 동안 너랑 나랑 애들 밥 안 차려서 편한 거지."

자매는 포기하다가도 다시 분투했다. 네 자식보다 내 자식이 훨씬 모자라 엄마의 도움이 절실하다고 호소하다가 밀린다 싶으면 그렇게 모자란데 어떻게 엄마를 제대로 돌보느냐고 따졌다.

"언니, 중수만 아픈 게 아니야. 우리 미히도 아파. 미히 게으르게 살지 않았어. 미국에서 자리를 잡으려고 얼마나 노력했는데. 그런데도 일이 잘 안 풀린 걸 어떡해. 애가 할머니 모시고 싶대. 어려서 할머니 손에 자라 그런가 애틋한가 봐. 잘하겠대."

"엄마가 미히만 키웠니? 우리 중수도 끼고 살았어."

"중수는 남자애잖아. 엄마도 손녀가 편하지."

"정 선생이 여자니? 엄마 남자 좋아해. 그리고 미히가 미국에서 한국까지 어떻게 왔니. 혼자 비행기표 끊고, 공항에서 짐 부치고, 세관신고서 쓰고, 그렇게 독립적이고 폼 나게 해낸 거 아니니? 그럼 다른 일도 할 수 있어. 우리 중수는, 중수야?"

중수는 멋진 소나무에 둘러싸인 무덤을 향해 가는 중이었다.

"안 와, 저것 봐, 안 온다고. 자기 인생을 저렇게 팽개친다고."

"그러니까, 언니, 그런 애가 어떻게 엄마를

돌봐. 자기 인생도 두고 다니는데."

"미안한데 미히가 아버지 잡을 뻔했던 거 잊었니? 아버지 돌아가시기 전에 요양 병원에 계셨을 때, 미히가 할아버지 돌보겠다고 귀국해 들여보냈더니 사흘 만에 아버지가 뭐라고 하셨니. 죽을 때까지 저거 안 본다고 하셨지? 장례식에도 부르지 말라고. 그런 애를 어떻게 엄마한테 붙여. 너는 네 딸을 믿니?"

이름과 생몰년과 6억 7천만 원이라는 기부 금액이 적힌 묘비 위로 낙락장송의 늘어진 가지가 드리웠다. 그곳뿐 아니라 곳곳에 기기묘묘하게 휘어진 나무들이 보였다.

"1억 6천."

어떤 사람이 다가와 중수에게 명함을 건네며 말했다. 기암절벽에 니은 자로 뿌리 내린 소나무를 찍기 위해 로프에 매달린 셀카

프로필 사진 아래 소나무 전문 사진작가라고 써 있었다.

"그 돈 주고 절벽에서 뽑아왔대요, 저것도." 그가 다른 나무를 가리켰다. "저것도, 저것도, 한 사람이 기증한 거예요. 자식들과 절연했다나 봐요. 자식들에게 재산을 안 물려주려고 모은 돈을 소나무에 다 쓰고 죽었대요. 전국 각지의 깊은 산속에서 합법과 불법을 가리지 않고 자생 반송들을 굴취해다가 여기 심고 자살했다나 봐요. 뿌리째 뽑혀 여기까지 끌려온 나무들만 가엾지요. 원한에 사무쳐 죽은 사람 옆에 박히려고 세상 풍파 이겨내며 살아온 게 아닌데." 〈디아스포라, 장송〉. 명함에는 전시 이력도 적혀 있었다.

무덤 주인은 살아생전 돈을 최대한 많이 써서 유산을 남기지 않는 것이

목적이었으므로 조경 업체가 사기를 쳐도 기쁘게 당했다. 한때는 자식에게 재산을 증여하는 대신에 부양의무를 지우는 법적 계약이 유행했지만, 안부 전화를 걸기로 약속한 수요일 밤 11시 59분에 전화를 걸어 "안 늦었습니다" 말하며 증거를 남기는 자식을 참아내는 일은 비참했다. 부유한 노인들은 사람을 사서 쓰기 시작했고, 가족 앞에서 감정가 수억 원대의 청나라 시대 화병을 깨버렸다. 가슴에 대못을 박은 자식에게 자신도 대못을 박고자 무덤에 에둘러 말뚝처럼 박아놓은 수목들이 디아스포라 장송이었다.

"무덤 안을 한번 보고 싶어요. 분노한 나무들이 뿌리로 시체를 옥죄고 있을 것 같아."

"결국에는 언니 때문에 엄마가 정

선생에게 넘어간 거야." 미히 엄마가 말했다. 사진작가가 물러나고 두 사람이 나타났다.

"언니가 진료실에만 따라 들어갔어도 이런 일 없었어. 엄마가 언니랑 병원 다녀와서 펑펑 울더라. 안 들어온다고. 진료실에 한 번을 안 따라 들어온다고. 대기석에서 휴대폰만 보고 있다고."

"이럴 거면 오지 마라." 활녀가 마지막으로 큰딸과 병원에 갔던 날 말했다. 그날도 딸은 엄마를 진료실에 혼자 들여보냈다. 간절한 마음으로 따라 들어가서 의사의 설명을 듣지 않았고, 약을 늘리자는 말에 머리가 하얘지지 않았고, 다른 방법은 정말 없는 것이냐고 눈총을 무릅쓰며 묻지 않았고, 한마디로 자기 엄마를 오래 살게 하려 애쓰지 않았다. 죽음 쪽으로 세게 잡아당기지는 않았지만 적당한 태업으로 활녀가 알아서 나가떨어지게 만들려

했다.

"사람이야 구하면 된다."

활녀가 말했을 때, 중수의 엄마는 휴대폰에 빠져 있었다. 며칠 뒤, 정 선생이 가족의 자리를 차지했다. 활녀가 채혈하고 4분 만에 솜을 떼면 간호사가 5분 동안 지혈하라고 했다며 다시 솜을 붙이는 남자가 공간적으로는 돌아가신 할아버지의 방을, 관계적으로는 딸들의 자리를 빼앗았다.

"할머니께 허락받았나요?"

새벽 2시 무렵 정 선생이 부엌에 나타났을 때, 중수와 미히는 회포를 풀고 있었다. 키 큰 유리 장식장에서 꺼낸 죽은 할아버지의 양주를 나눠 마시는 중이었다. 할머니가 깨지 않도록 불을 끄고 온더록스 잔에 손전등 기능을 켠 휴대폰을 넣었다. 중수가 식탁에 조그맣게 퍼지는 무지개 프리즘을 손가락으로 문질렀다. 때로 미히가 웃다가 '컹' 코 먹는 소리를 냈다. 첫날부터 발렌타인 21년산을 잡을 수는 없어서 17년산을 마셨다.

"안 여쭤보고 꺼내 먹으면 도둑이지요."

정 선생이 차분히 말했다.

활녀는 캐리어를 끌고 들어오는 둘을 보고도 반응이 없었다. 무표정한 얼굴로 기운 없이 손을 까딱거려 수신호만으로는 오라는 것인지 가라는 것인지 알 수 없었다. 정 선생이 두 사람이 잘 곳을 마련해두었다. 할아버지가 썼던 환자용 이동식 침대가 나와 있는 거실을 미히가 썼고 중수는 정 선생과 한방을 썼다. 어릴 적에는 사촌 남매가 같은 방을 썼지만 이제는 부적절했다.

"그럴 것도 없어." 미히는 그렇게 말하며 만일 우리가 각방을 쓸 수 없는 형편인 집에 사는 성인 남매라면 어떻게 했겠느냐고 중수를 도발했다. 그런 식으로 끝없이 사고 실험을 해댔고 나중에는 "나는 솔직히 남자, 여자 그런 건 없다고 생각해"라고 말해 중수를 짜증 나게 했다. 그러나 생활 패턴은 모든 소소한 갈등을 뛰어넘어 둘을 다시 가깝게 만들었다. 그들은 밤낮이 뒤바뀌어 살았고 새벽에 활개를 쳤다.

캐리어를 옮겨준 정 선생이 둘에게 새 이불을 건넸다. 이불에서 섬유 유연제 향기가 아니라 오래전 할머니 집에서 맡았던 햇볕에 달구어진 타일 바닥 냄새가 났다. 어린 중수와 미히가 속옷 바람으로 기분 좋게 엉덩이를 데우며 앉아 뺨 때리기 가위바위보 내기를 하고 활녀가 겨우내 말린 마늘을 잡아 뜯던

추억이 떠오르는 냄새였다. 노스탤지어의 습격에 중수는 순간 감정이 격해져 눈물을 흘렸다. 그는 걸핏하면 울었다. 이불을 삶느라 넓어진 정 선생의 징그러운 모공을 보고도 눈시울이 붉어질 정도였다.

"호르몬 이슈?"

미히가 술잔을 내려놓고 방에 들어가 약을 가지고 나와 중수에게 건넸다.

"피부에 바르는 테스토스테론인데 발라볼래? 거기에 바르면 절대 안 되고 배에 발라야 돼. 젤 제제 남성호르몬제인데 '남성'호르몬이라고 부르면 안 되긴 하거든? 근데 알아들어야 하니까 복잡한 건 나중에 하고. 써봐, 용량 봐줄게."

"나한테 왜 이래?"

"미국에서는 트랜스젠더가 아닌 사람도 호르몬 치료를 받아. 나도 요새 활력이 떨어지고 성욕이 죽어서 테스토스테론을 처방받아 발라봤는데 살 것 같더라고."

"그러니까. 나한테 왜 이러느냐고."

"자꾸 우니까. 혹시 효과가 있을까 싶어서 준 건데 싫으면 말아. 그거 한국에서는 팔지도 않는 귀한 거야. 그게 아니면 너 요즘 페미나이징(feminizing) 중이니? 여성화 중이야?"

"도셨어?"

"미국은 이제 남자, 여자 그런 구분 없다. 내 남자 사람 친구들도 여성호르몬 많이들 맞아. 소위 말하는 남성성을 소폭 줄이고 소위 말하는 여성성을 소폭 늘려 여드름 잡고, 피지 기름 걷고, 얼굴과 마음이 부드러워지려고, 부드러워지는 마음에 관해서는 이견이 있긴 하지만. 어쨌든 그게 어때서? 성별을 스펙트럼으로 보고 얼마만큼 여자 되고 얼마만큼 남자 될지 내가 원하는 위치에 서려고 의료진의 도움을 받아 몸 컨디션 봐가면서 성호르몬 농도 맞추고 사는 게 어때서? 누나 거 만져봐라, 어?" 누나가 뽀빠이 알통을 만들어 보였다.

"씨팔, 미국 병 단단히 들었네."

정 선생이 양주를 장식장에 다시 가져다놓았다. 그러곤 한발 떨어져 장식장 전체를 살피고 미히를 돌아보며 말했다.

"월남전 무공훈장이에요."

"알아요, 원래 내 거예요."

미히는 장식장에 있던 할아버지의 훈장을 훔쳤는데 훔쳤다고 말하기에는 애매한 구석이 있었다. 코로나 대유행 시기에 미국에서 동아시아인을 향한 증오 범죄가 일어난다는 뉴스를 접한 할아버지가 입원 중에도 자신의 인헌 무공훈장을 미국 손녀에게 보내주라고

했다. 보훈병원을 오가다 친해진 사람이
베트남전쟁에 참전해 수훈한 훈장으로
아들이 미국 영주권을 취득했다고 자랑했기
때문이었다. 미히는 헛소문이라고 말했지만
할아버지가 죽을 때 관에 넣어달라고
했던 소중한 훈장을 자신에게 주는 것의
의미를 알았다. 다운타운을 돌아다니다가
누군가 다가와 침을 뱉거나 죽이려고 하면
사람들에게 우리 할아버지가 그 전쟁에
있었다고 훈장을 마패처럼 내밀라는
것이었다.

    할아버지가 돌아가셨을 때 미히는
화장장에 나타나 직원에게 훈장을 건네며
관 속 할아버지의 심장 옆에 놔달라고
부탁했지만 금지 물품이라 제지되었다.
그렇게 다시 유리 장식장으로 돌아온 훈장을
미히가 또 한번 훔쳤던 것이다.

"우리 할머니 왜 저래요?" 미히가 정 선생에게 물었다.

남매는 활녀와 정 선생의 관계를 조금도 의심하지 않았다. 그는 아픈 아내를 죽기 전까지 오래 돌본 사람이었다. 활녀를 대하는 태도만 보아도 오랜 간병으로 모질어진 사람들, 빨리 걷지 못하는 아내를 잡아끌어 겨드랑이를 멍들게 하는 남편들, 고깃국에 떠다니는 기름 한 방울까지 티스푼으로 건지다 지쳐서 남편의 심혈관에 신경을 끈 아내들, 그 인간적인 사람들과 다르다는 것을 알 수 있었다. 그럼에도 미히는 비난하는 투로 정 선생에게 활녀의 함묵에 대해 물었다.

술기운이 돌아 졸린 눈을 한 중수가 턱을 만져보니 수염이 올라와 있었다. 수염은 풍성할수록 면도할 맛이 난다는 형들의 말을 떠올렸다. 테스토스겔을 바르면 수염이 더

빨리 자랄 것이다. 중수는 미히가 훈장을
가지러 방으로 들어간 사이에 티셔츠를 걷고
배에 남성호르몬을 발랐다.

돈 구했어? 어머니가 주신대? 안 주신대?
그럼 지금 당장 통장에 얼마 있는지 100원
단위까지 철저히 말해. 그래야 내가 돕지.

다리 떠는 형으로부터 메시지가 와
있었다.

일어나니 오후 2시였다. 중수는 아침
연마 의식을 거행하러 숫돌과 면도기를 챙겨
부엌으로 갔다. 새벽까지 함께 술을 마신
미히가 이동식 침대에서 이불을 뒤집어쓴 채
자고 있었다. 커튼을 쳐놓아 한밤중 같았고
커튼 끄트머리 틈새로 들어온 빛줄기에 유리

장식장 속 양주들이 반짝였다. 중수가 활녀의 방문을 열자 활녀가 겁에 질린 눈으로 노려봐 다시 닫았다.

중수는 벽걸이 식기 건조대에 휴대폰을 걸쳐 바흐를 들었다. 싱크대에 숫돌 거치대를 얹으니 정신이 맑아지고 마음이 평온해졌다. 숫돌에 물을 흘리자 버석거리던 돌이 촉촉해지면서 거울처럼 반들거렸다. 돌의 부드러운 표면을 엄지로 쓸어내리고는 훼손하듯 면도날로 휙휙 그었다. 칼날을 앞뒤로 돌리며 그어대자 은빛 날이 윙크하듯 번쩍였다. 또다시 울고 싶었다. 그래도 끝내 눈물이 흐르지는 않았는데 어제 바른 테스토스테론 덕분일까?

"와, 죽겠네."

갑자기 옆에서 들어온 팔에 놀란 중수가 돌아보니 미히가 머그잔을 들고 서 있었다.

"정신이 안 차려지네."

머그잔을 부시는 미히의 콧수염이 길었다. 중수는 미히의 거뭇한 수염을 바라보았다. 밀고 싶었다. 둘은 아침으로 계란프라이와 오트밀을 해 먹었다.

"할머니는?"

미히가 묻자 중수가 어깨를 으쓱였다.

"말로 해. 몸으로 대답하지 말고."

미히가 활녀 방에 들어갔다 나왔다. 정선생이 부엌에서 점심을 만들기 시작해 중수는 연마를 제대로 마치지 못하고 밀려났다. 둘은 무엇을 해야 할지 몰라 낮술을 마시기 시작했다.

"나 이거 마셔요. 안 되면 안 된다고 하세요."

미히가 할머니 방에 대고 소리쳤다. 17년산이 다시 열렸다.

"얼마나 싫으실까, 우리 할아버지. 나 보고 자기 장례식에도 오지 말라고 했는데. 저희는 밥 먹었어요." 미히가 정 선생을 향해 소리쳤다.

남매는 정 선생에게 분명히 말할 생각이었다. 우리는 그런 사람들이 아니라고, 우리 밥까지 챙겨달라며 은근슬쩍 일을 더 시키려는 몰상식한 인간들이 아니라고 말하려 했는데 정 선생이 알아서 자신과 활녀 밥만 챙겼다. 방에 식사를 집어넣고, 자신은 식탁에 앉아 나물을 기반으로 한 건강식을 천천히 씹어 먹었다.

미히가 갑자기 한식이 당긴다고 하여 김치찌개를 시켰다. 정 선생이 뜬금없이 계란프라이를 주고 갔다. 중수는 할아버지와 미히 사이에 무슨 일이 있었는지 궁금했지만 또다시 잠이 쏟아졌다. 미히도 졸렸다. 그래서 둘은 일단 자고 다시 만나기로 했다. 그것이 저녁 7시경이었고 새벽 3시에 눈이 반짝 떠졌다. "21년산은 봐드리겠습니다." 미히가 합장하고 다른 술을 꺼내왔다.

    술병들이 차례로 투명해졌다. 활녀의 집에 온 지 며칠이나 되었을까. 정신을 차리면 다시 식탁이었고, 다시 온더록스 잔에서 퍼지는 무지개 프리즘이었고, 다시 '컹' 코 먹는 소리였고, 다시 배에 흡수되는 테스토스테론이었고, 다시 남성성의 향상이었고, 다시 자라나는 수염이었고, 다시 한숨을 내쉬며 나오는 정 선생이었고, 그리고 우리라는 실패, 은둔하는 할머니를 방치하는 패륜 손주들. 그러나 그것은 또한 할머니의 실패가 아닌가? 할머니가 둘을 키웠으므로 망가졌다면 초기 단계에 그들을 조성한 할머니의 탓이 아닌가? 어릴 적에 자신을 거둔 사람을 이번에는 자신이 거두는 돌봄의 수미상관. 그러나 불행에 대해서 골똘히 생각하다 키워준 사람을 원망하게 되는 어두운 일이 부모를 건너뛰고 조손 간에 일어나고 있는 것은 아닐까. 어둠 속에서 정 선생이 냉장고에 기대 술잔에 탄산수를 부어 마시며 남매의 이야기를 경청했다.

"이번에는 입을 열게 할 거야." 미히가 손가락에 술을 묻혀 바보라고 쓰며 말했다. "할아버지의 것이 더 좋지만 할머니의 것도 나쁘지는 않아."

너 뭐 하는 새끼야? 여행 안 갈 거야? 너 또 이렇게 도망칠 거야? 지금 당장 얼마 모았는지 10원 단위까지 정확히 말해. 내가 죽어도 너 텍사스 데려간다.

미히와 중수가 술에 취해 일자 면도기를
양손에 들고 지휘자 카라얀처럼 휘둘렀다.
나구라 숫돌을 캐스터네츠처럼 딱딱 쳤다.

"누나, 내가 수염 밀어줄까? 할아버지랑
뭔 일이 있었던 거야?"

미히가 안경알 뒤로 토막 숫돌을 넣었다.
중수는 미히의 눈 대신 돌을 보며 이야기를
듣기 시작했다.

❖

"미국에서 슬프도록 안 유명한 한인
작가의 전시를 본 적이 있어. 얼마나 존재감이
없었느냐 하면 심장에 귀를 대면 부모의
통곡 소리가 들릴 정도였는데 무슨 얘기냐
하면 나랑 똑같았다는 거지. 투자금이 전혀
회수되지 못한 자식 말이야. 전시 제목은

〈Only Koreans, 침을 놓으세요, 당신의 조상께〉.

전시장에 들어서면 머리가 천장에 닿는 거인이 서 있는데, 그것은 한의원에서 흔히 보는 경혈도 인체모형을 압도적인 크기로 확대해놓은 것이야. 거인은 온몸이 지하철 노선도로 뒤덮인 것처럼 보여. 몸 위로 선들이 기와 혈을 따라 지나가고, 선 위에는 작은 점들이 박혀 있어. 진짜와 다른 건 점에 침자리 대신 연도와 지명이 쓰였다는 건데 태양(太陽) 대신 1951, 거제 하는 식으로.

거인 옆에는 통돌이 세탁기만 한 침통이 있고, 안에는 사람 다리 길이만 한 침들이 가득해. 그것 때문에 위험해서 어린이의 관람이 제한되었어. Only Koreans. 한국인만 침술을 펼칠 수 있기에 나도 침통에서 침을 뽑아 사다리를 타고 꼭대기까지 올라갔어.

까마득한 아래서 커플이 싸웠는데 한 여자는 침을 뽑으려 하고 다른 여자는 미국인은 그거 못 잡는다고 말리고. 그들이 사다리를 쳐서 추락사할까 쫄았었나? 기억 안 나. 떨어져 죽으면 징그럽게 안 유명한 작가가 유명해질 것 같아서 절대 죽지 말아야지 생각했던 것도 같고.

    사람들이 사다리를 타고 부지런히 오르내리며 침술을 펼친 끝에 거인의 온몸에 바늘이 빽빽이 꽂혔어. 관자놀이를 찌르는데 쑥 들어가더라고. 기분이 묘했어. 내가 찌르는데 내가 찔리는 느낌? 가해하는데 가해당하는 감각. 전시 리플릿을 보니 작가는 가족사를 바탕으로 전시를 만들기 위해 한국의 친척들에게 무작정 전화를 돌렸대. 가까운 가족부터 촌수가 먼 친척들까지, 심지어 할머니가 살던 집성촌 주민에

이르기까지 이 잡듯 뒤졌대. 태어나 한 번도 만난 적이 없을 뿐 아니라 존재하는지조차 몰랐던 시골의 큰할아버지에게 전화를 걸어서 역사적 상흔 좀 달라고 한 거지. 보기를 불러드렸다고 해. 다음 중 겪으신 것이 있으실까요? 분단과 전쟁과 학살과 항쟁과 참전 중에서. 6·25, 있으세요? 4·19, 있으세요? 이산가족 상봉, 있으실까요? 베트남전쟁, 있으세요? 노인은 없다, 없다 하다가 마지막에 가서야 끔찍했던 과거를 떠올리곤 세 시간을 주야장천 떠들었는데 작가는 휴대폰이 너무 뜨거워서 얼굴로부터 멀찍이 떨어뜨려 놓았다고 하더라고.

　큰할아버지는 얼굴도 모르는 후손의 영문 모를 질문에 시달리다가 마침내 큰 역사와 작은 역사가 교차하는 고통의 극점을 찾아냈어. 큰할아버지는 그만 IMF를 떠올렸지

뭐야. 살면서 그때가 제일 힘들었다면서.
작가는 분명 그가 포로수용소에 수용된 적
있다고 들었는데…….

    1997년에 참외 재배를 하던 친구는
빚더미에 올라 비닐하우스에서 목을 맸다네,
서울로 유학 보낸 딸에게 돈을 못 부쳐서
딸이 세 끼를 붕어빵으로 때웠다네, 빵 봉지가
어찌나 질 나쁜지 빵에 까만 잉크가 문신처럼
뱄다네, 사람들이 비둘기를 잡아먹고
포장마차 주인에게 300원을 주고 어묵 국물을
얻어먹었다네, 큰할아버지는 이야기할수록
기억이 생생해져 세 시간이 넘도록 수다를
떨었고 좌익 활동이나 미문화원 방화 사건
같은 게 나오면 메모하려고 귀를 쫑긋 세우던
작가는 수첩을 스르륵 떨어뜨리며 '아니요,
아니요, 그거 말고요, 그거로는 안 돼요'
중얼거리다 잠이 들었대. 내가 무슨 말을

하는지 너는 알지?

결국 작가는 집요한 전화 인터뷰 끝에 큰할아버지로부터 전쟁 포로 때 겪은 일을 기억하게 만들어. 그는 포로 생활에 관해 이야기할 때마다 머리가 아프다고 하소연해. 머리가 깨질 것 같다고 약도 안 들어먹는다고 나일론 끈으로 머리통을 꽉 죄곤 목구멍으로 뇌를 토해낼 때까지 잡아당기는 것 같다고. 그래서 침 자리가 관자놀이인 건데 나는 그 점에서 작가가 교활하다고 생각했어. 극심한 두통이 전쟁 때문인지 전쟁을 회상해야 했기 때문인지 애매하게 처리했으니까.

거인의 골반에는 1980, 광주가 있었고, 다른 데는 다른 강제된 기억이 뚫려 있었어. 거인의 몸 전체가 한 집안이 겪은 역사적 트라우마의 수집인 거야, 그것을 겪지 않은 사람이 모은.

그렇게 친척들에게 연락을 돌려 얻은 역사적 상흔으로 전시를 치른 것이지. 비극적인 역사와 그것이 한 집안에 미친 영향을 짝지어 인체모형의 경혈로 표현한 건데 참 그지 같지.

전시는 거기서 그치지 않고 내가 그들의 상처를 초대형 침으로 찌르게 만들어. 상처를 낫게 하는 것인지 내는 것인지는 알 수 없어. 내가 그 상처들을 깊이 찌를 때, 작가도 우리와 함께, 우리의 손을 빌려 자기가 전시를 치르기 위해 가족에게 한 짓을 다시 경험하는 것일까?"

"근데 나 그거 어디서 봤어." 중수가 포르투와인과 가나 초콜릿을 먹으며 말했다.

"맞아, 그 전시 나중에 완전히 떴어. 침으로 빽빽한 거인이 인스타그래머블해서. 한국인만 침을 놓게 하는 건 차별이라고

전시장 앞에서 백인들이 시위한 것도
도움이 되었고. 미국에서 성공하고 싶었는데
미디오커밖에 되지 못한 조기 유학생들이
인생을 역전하려고 요새 제일 많이 하는 게
뭔지 알아? 소설 쓰기야. 비극적인 대한민국의
근현대사를 다룬 소설이 잠시 잠깐 진하게
유행이라 다들 한국에 있는 친척들에게
전화를 돌려. 이미 기사화되어 누구나 아는
이야기 말고 아직 세상에 공개되지 않은
참신한 고통의 세부를 건지려고. 먼 삼촌에게
전화를 걸어 고문을 당한 적이 있느냐고 묻고,
부모에게 죽은 할머니의 시골집 폐가를 뒤져
쓸 만한 유품을 찾아내라고 성화야. 엄청난
고학력의 한국계 미국인 작가들이 역사소설을
쓰는 게 분한데 그렇게 쓸 자신은 없으니까
실화 기반 스토리로 가려는 것이지. 우연히
할아버지의 무공훈장을 발견한 아이돌이 같은

그룹의 베트남계 캐나다인 멤버와 퐁니·퐁닛 마을에 찾아가는 소설을 쓴다거나, 소설이 성공해서 《뉴욕타임스》와 인터뷰하게 되면 '사실 저희 집안 이야기입니다'라고 고백하고 싶으니까. 그것이 어린 시절 미국으로 건너가 명문대를 졸업하고 미디어 스타트업계에서 성공하는 것보다 《뉴욕타임스》에 실릴 확률이 높으니까. 나도 그 루트를 탈 생각이야. 〈침술사〉라고 제목도 지어놨어. 표지는 호랑이로 분한 한반도에 장침을 놓는 아이돌. 백신 음모론자들 사이에서 항생제 대신 침을 맞는 게 유행이라 남들이 선점하기 전에 빨리 써야 되는데 할아버지는 죽고 할머니는 입을 닫고 우리의 엄마들은 하다못해 운동권도 아니었으니 다 뺏기게 생겼지 뭐. 그리고 어차피 한국의 반독재 투쟁은 외국에서 먹히지도 않아. 아사마 산장 사건처럼 임팩트가 있는 것도 아니고……. 베트남전이 좋은데. 피해국으로서의 한국 이야기는 나올 만큼 나와서 가해국으로서의 한국이 나올 타이밍인데."

 중수의 할아버지는 돌아가시기 전에 섬망 증상이 심했다고 전해진다. 밤만 되면 시간과 장소의 경계가 완전히 허물어져 월남으로 돌아갔다고. 그는 그때 보았고 하였던 일에 대해 누구에게도 말하지 않았다. 기억은 육신과 함께 사라질 예정이었다. 그러나 죽음을 앞두고 기억이 줄줄 샜다. 기억을 가두어두었던 의식의 빗장이 풀리자 그는 의자 아래 덩어리진 어둠을 가리키며 저기 누가 있다고, 누가 나를 죽이려고 숨어 있다고 절규했다. 평생을 억누른 기억이 속수무책으로 누수되는 그 병실에서, 미히는 걸레질을 피하려 의자에 두 발을 올린 사람처럼 할아버지를 죽이려는 아이, 아마도 그가 오래전에 죽인 그 어린아이의 유령이 숨어 있는 의자 위에 웅크리고 앉아 이렇게 물었던 것일까? 할아버지는 민간인을 죽인 적이 있어요? 말해주세요. 그 고리가 '탁' 소리 나게 걸려야 〈침술사〉를 쓸 수 있어요.

"왜 안 주고 가셨을까. 그 많은 희소한 이야기를 할아버지는 왜 사랑하는 손녀에게 마지막 선물로 주고 가지 않으셨을까. 병실에서 나를 조용히 노려보는 할아버지를 보며 내리사랑이 부족한 인간이라고 생각했어. 자신이 쓸 것도 아니면서 나에게 자기 이야기를 내놓지 않아서. 어차피 곧 돌아가실 텐데. 죽은 후에 자신이 어떻게 쓰이든 알지 못할 텐데, 하고 생각한 적이 있어, 나는. 구정의 세뱃돈처럼 할아버지에게 비밀을 받아내려 한 적이 있어. 우리 할머니가 왜 입을 열지 않는 거죠?" 미히가 냉장고에 기대앉은 정 선생에게 물었다.

"누나 참 개 같은 년이다." 중수가 말했다.

"내 말이 그 말이야." 미히가 말했다.

술을 더 마셔야 했다. 그래야만 했다. 미히가 할머니 방문에 키스하듯 입술을 붙이고 "할머니, 저 할아버지 양주 또 따요. 안 되면 안 된다고 말을 하세요" 하고는 한 병을 더 가져왔다. 만취한 중수가 미히의 수염을 밀려다가 눈썹을 밀었다. 새벽 5시가 되자 갑자기 죽을 듯 졸려진 두 사람이 볼링 할 때 썼던 술병들을 품에 안고 비틀대며 자러 가는데 어떤 소리가 들렸다.

"활녀야……."

누군가 현관문을 작게 두드리며 할머니를 부르고 있었다.

❖

　　미히와 중수가 신발을 밟고 서서 현관문에 귀를 기울였다.

　　"활녀야, 활녀야, 내가 잘못했어. 거기 있는 거 알아. 문을 열어줘."

　　일련의 상황이 중수를 두려움에 떨게 했다. 누군가 새벽부터 문을 두드리자 갤러리에 찍힌 좌표를 따라 자신의 집에 찾아왔던 셀붕이가 떠올랐던 것이다.

　　인기척에 돌아보니 활녀가 나와 있었다.

　　"활녀야, 예예, 죄송합니다."

　　앞집 문이 열리자 애원하던 사람이 사과하고 떠나갔다.

　　"이름을 부름."

　　미히가 주머니에서 볼펜을 꺼내 '노인도 친구 사이에는 이름을 부른다'고 팔뚝에 휘갈겨 썼다. 살갗이 소설을 위한 아이디어 노트였다.

"나는 늙으면 친구끼리도 여사님이라고 부르는 줄 알았어."

"말이 되는 소리를 해라."

"바로 아침 식사하실 거예요?"

"오늘은 애들도 같이 먹었으면 좋겠어요."

활녀가 방에서 지갑을 가져와 정 선생에게 2만 원을 지불했다. 침묵은 무책임할 정도로 성의 없이 해제되었고, 그것을 신호 삼아 남매 역시 재빠르게 어린 시절로 돌아갔다. 활녀가 나타나자마자 추락하듯 이루어진 퇴행이 징그러웠다.

"할머니, 나 토할 것 같아. 아침 안 먹어."

할머니 앞에서 아이가 됨으로써 남매는 자신들을 괴롭히는 문제들, 자존심을 갉아먹는 상황들, 자신들이 성공하지 못했고 지극히 평범하다는 사실, 아무도 딛고 올라서지 못해 아무의 이마에도 뒤꿈치 자국을 남기지 못했다는 처참한 생각으로부터 도망치려 했다. '우리 애들에게 식사를 차려주어요.' 중수와 미히는 다시 세워진 할머니의 왕궁에서 도련님과 아가씨가 된 것 같았다.

"정 선생님, 똠얌꿍 끓여줘요. 나는 그걸 먹어야 속이 풀려."

미히가 식탁에 엎어져 말했다.

정 선생이 찬장에서 일본 라멘을 꺼냈다.

갑자기 문 두드리는 소리가 크게 들렸다. 중수는 심장이 두근거리고 토할 것 같았다. 현관문 문구멍으로 보았던 셀붕이의 알아보기 힘든 형체가 서서히 멀어지면서 실체를 드러냈던 순간이 떠올랐다. 숨이 쉬어지지 않아 베란다로 뛰어가 창문을 열고

몸을 밖으로 빼니 세상은 더없이 청량하고 평온하고 보이는 것이라곤 화단에 버려진 자전거와 걷기 운동 하는 할머니뿐이었다. 할머니가 중수에게 손을 흔들고는 다시 바삐 아파트로 들어왔다.

"뭐 하자는 거지? 뭐 하자는 거야?"

이번에는 남자 목소리였다.

정 선생이 문을 열었다.

"안녕하세요, 실례하겠습니다."

다리 떠는 형이 들어왔다. 뒤이어 방금 전에 보았던 손 흔드는 할머니가 바짝 붙어 따라 들어왔다.

"활녀야, 활녀야, 미안해, 내 말을 들어줘."

"절부터 올리겠습니다."

다리 떠는 형이 활녀에게 큰절을 올렸다.

"활녀야, 활녀야, 내가 미안해. 제발, 나를 한번 봐."

갑자기 두 사람이 들이닥쳐 집이 더워졌다. 이 순간을 묘사하지 않을 수 없는 야심 찬 미히는 손목부터 겨드랑이까지 앞뒤 면을 모두 써가며 잡다한 메모를 휘갈겨 팔을 검게 물들였다.

두 사람—활녀와 새롬—은 같은 아파트에 사는 운동 친구였다. 매일 새벽 5시에 아파트 뒷산을 오르는 일로 하루 운동 일정을 시작하는 그들은 산에서 내려오면 후문에서 대기하고 있는 정 선생의 차—처음에는 자기 차였으나 운전면허증을 반납하고는 카카오 택시를 불렀다—를 타고 시립 수영장으로 이동하여 수중 걷기와 자유 수영을 했다. 그러곤 다시 수영장 입구에서 정 선생을 만나 집으로 돌아와 점심을 먹기 전까지 빠른 걸음으로 아파트 단지를 돌아 만 보를 채웠다. 무릎 관절이 남아나지 않을 막대한 운동량이었다.

　새롬의 본명은 정숙이었다. 그가 신생아에게나 어울릴 법한 새로운 기운을 머금은 풋풋한 이름으로 개명한 까닭은 죽어가고 있기 때문이었다. 병원에서 더 이상 치료할 방법이 없다는 말을 들은 후로 새롬은 운동에 더욱 집착했다. 방금 헤어진 활녀에게 전화해 더 걷자고 더 돌자고 오후 수영 반에도 가자고 한 시간 뒤에 운동장에서 만나자고 집요하게 졸랐고, 그것이 활녀로 하여금 그를 피하게 만들었다.

　아침마다 함께 등산할 때면 활녀는 빛나는 생명 연장의 꿈을 좇는 것이 아니라 뒤에서 헉헉대며 따라오는 죽음에 쫓기는 기분이었다. 새롬은 가만히 있지 못하기에 운동할 수밖에 없었다. 누우면 그대로 죽을 것 같아 벽에 기대앉아 잤고 눕게 되면 소스라치게 놀라 비명을 지르며 깼다. 쉬지 않고 움직이는 그는 못 걸으면 제자리에서 발을 굴렀고 그마저 힘들면 손바닥을 파닥파닥 뒤집었다. 새롬의 공포가 활녀에게 옮겨붙자 활녀도 5분 뒤에 죽음이 찾아올 것 같아 불안해져 죽음이 못 내려앉도록 몸을 털었다. 새롬을 잡은 죽음이 내친김에 자신까지 데려갈 것 같았다. 80세를 바라보는 활녀는 어차피 조만간 죽음의 공포로 심장이 조일 텐데 남의 병으로 미리 쪼그라져 살고 싶지 않았다. 어느 날, 새롬과 절교할 좋은 기회가 찾아왔다.

여느 수영장이 그러하듯 두 사람이 다니는 곳에도 대변 스리아웃 제도가 있었다. 세 번 대변 실수를 하면 쫓겨났는데 그러기 위해서는 민원을 방지하기 위한 증거 사진이 필요했다.

새롬은 풀장에서는 결코 실수하지 않았다. 새롬의 똥은 빈 샤워장 수챗구멍, 빈 탈의실 벤치, 빈 화장실 세면대 아래서 발견됐다. 그것이 그의 괄약근이 할 수 있는 최선이었다. 새롬은 신출귀몰했고 사람을 믿지 않았다. 오직 활녀와 둘이 샤워할 때만 속옷을 빨았고, 겉으로 드러나는 기저귀 대신 엉덩이에 테이프로 붙인 비닐봉지에 묻은 그것을 수챗구멍에 죽 짜서 버렸다.

　퇴소를 당한 날에도 새롬은 활녀에게 사과했다. 자신의 불명예스러운 퇴장으로 친구까지 수영장에 다니지 못할까 걱정했다. 활녀는 자신도 당분간 수영장에 가지 않겠다며 잠시 운동을 쉬고 각자 시간을 갖자고 했다. 그런 친구 앞에서 새롬은 등산은 하고 싶다는 말을 하지 못했다. 둘은 멀어졌고 활녀는 집에서 정 선생이 가르쳐주는 요가를

하며 평온을 되찾았는데 얼마 후부터 새벽 5시만 되면 새롬이 찾아와 문을 두드렸다.

"활녀야, 미안해, 내 말을 들어줘."

"김중수, 너 왜 내 문자 씹어?"

정 선생이 여섯 사람의 아침 식사를 준비했다. 미히가 계란을 부쳤고 중수가 제삿날에만 나오는 교자상을 폈으며 새롬이 수저를 놓았고 다리 떠는 형이 마녀 수프를 옮겼다.

아침 식사를 마치곤 행주로 상을 닦았고 깨끗한 물이 담긴 여섯 개의 유리잔이 등장하더니 각자 자신의 아침 약을 상에 올렸다. 활녀의 열 알과 정 선생의 일곱 알과 중수의 세 알과 다리 떠는 형의 두 알. 새롬은 비닐봉지에 찐득하게 달라붙은 풀떼기를 떼면서 "나는 먹을 수 있는 약이 없어요" 하고 마치 잘못을 저지른 사람처럼 수줍게 말했다.

소염 진통제와 고지혈증 치료제와 고혈압 치료제와 뇌 기능 개선제와 비타민제와 항우울제와 항불안제와 수면 유도제와 수면제와 기적의 야채 즙이, 각자 주인의 목구멍을 할퀴려 얌전히 기다렸고, 정 선생이, 신비롭고 지혜로운 자의 역할을 맡은 그가 손바닥으로 교자상을 탁 쳐서 알약들을 튕겨 올리곤 밝은 목소리로 말했다.

"오랜만에 알약 러시안룰렛을 합시다."

그러곤 눈을 감고 상 위의 약들을 마구 흩었다. 미히가 미국에서 가져온 알 수 없는 약들을 쏟아부어 총알을 추가했다. 먹지 않고 모아둔 약들 같다고 중수는 생각했다.

정 선생의 아내가 살아 있던 시절, 아내가 속한 자조 모임 사람들은 종종 복용 약들을 모두 모아 뒤섞곤 누구의 것인지 모를 약을 한 움큼 주워 먹는 알약 러시안룰렛 게임을

했다. 그럴 때면 하루 종일 통증을 느끼고 두려워하느라 긴장한 몸을 칼로 가르는 듯한 해방감을 느꼈다. 그것은 서로를 향한 공감의 마음을 키우기도 하였는데 설사가 부작용인 약을 먹고는 왜 약 주인이 항상 사람들을 집으로 불러들이는지 이해할 수 있었다. "내가 먹은 하늘색 약은 누구 거야? 오늘은 내가 머리에 총알이 박혔네."

미히가 발렌타인 21년산을 꺼내왔다.

정 선생이 술을 까며 말했다.

"하지 말아야 할 짓을 약하게 자주 하는 것보다 강하게 거의 안 하는 것이 낫지요."

술과 약을 함께 먹었다. 미히의 약이 위력을 발휘했다. 벤조디아제핀 계열의 항불안제와 수면제가 공평하게 한두 알씩 들어와 사람들을 맞이 가게 했다. 졸리고 혼미하고 배가 사르륵 아팠으며 팔이 기분

나쁘게 시리면서도 꼬집으면 둔탁해 번개가 내리치고 한참 후에 울리는 천둥 같았다.

"어, 어, 맞아, 약간 비슷해." 미히가 마약을 해보았느냐는 중수의 질문에 고개를 끄덕이며 지금과 비슷하게 몽롱하다고 말해주었다. 시간이 갈수록 정신이 혼미하고 한없이 졸린 가운데 6인조는 쌍을 지어 거실 곳곳에서 서로 얼굴을 마주하고 무거운 눈꺼풀을 들어 올리며 사랑과 증오를 고백했다.

"활녀야, 활녀야, 미안해, 정말 미안해."

"아니야, 내가 미안해. 내가 너에게 한 일을 말하면 너는 나를 용서하지 않을 거야."

"아니야, 내가 미안해. 내가 못 참았어. 더러워서 미안해. 내가 나를 붙잡지 못해서 미안해. 많은 것들이 손가락 사이로 빠져나가. 붙잡으려 하는데 잘 안 돼. 그래서 미안해."

활녀는 울고 있었다. 수영장에서 똥을 싼 노인을 보고 경악하는 노인은 없다. 두려운 건 똥이 아니라 괄약근 조절의 실패다. 지배했던 것을 지배하지 못하는 무력이다. 자신이 흘린 똥을 흘끗 보고 그냥 나가는 새롬을 본 활녀는, 그가 못 본 척한 것이 오물이 아니라 죽음 자체였음을 모르지 않았다.

"나도 네 똥을 주울걸. 산책하는 개의 똥을 줍듯이 예뻐해줄걸." 활녀가 자신이 밀고한 친구의 눈물 젖은 얼굴을 어루만지며 말했다.

"한국에서 수영장 안 갈래……." 미히가 중얼댔다.

"친구야, 너는 물에 똥을 눈 적은 없어. 너는 최선을 다했어. 샤워장 배수구까지 달려갔고 화장실 문 앞까지 버텼어. 나는 그런 것들이 너무 슬퍼. 그런 크나큰 차이를 사람들이 모른다는 것이 슬퍼."

"활녀야, 우리 다시 등산하자."

"그래, 등산은 하자."

약속이 지켜질까? 두 사람은 다시 아파트 뒷산을 오르게 될까. 모를 일이었다. 그들은 취했다. 정 선생과 미희는 식탁에서 졸면서 밤을 깠다. 중수 앞에는 다리 떠는 형이 있었다.

"형, 내가 누군지 알아?"

"뭔데."

"선언자야. 말을 대중에게 베푸는 사람이라고."

"우리 텍사스 못 가게 됐다. 미안하다. 그렇게 됐어."

"내가 조회 수가 몇이 나왔던 사람인 줄 알아? 내 글이 얼마나 많이 베껴졌는지 알아? 내가 아침에 쓴 글, 유튜버들이 저녁 방송 때 그대로 얘기해. 내가 쓴 글이 형의 정신에도 박혀 있다고."

그때 중수는 환상을 보았다. 다른 사람이 된 자신이 중수에게 걸어오고 있었다. 죽어도 고쳐지지 않는 안짱다리로 종종대며 걸어오나 싶더니, 아름다운 선언문이 환한 오로라가 되어 온몸을 오르내렸다. 풍성한 빛에 휘감긴 그는 지금의 비루한 자신을 어깨에 걸친 채 어그적 어그적 걸었다. 다음 순간, 중수는 자신을 곤경에 빠트린 선언문을 낭독하고 있었다.

소리 내어 선언문을 읽기는 처음이었다. 떨리는 목소리가 서서히 진정되고 단어 하나하나에 뼈대를 세우듯 확신에 찬 목소리로 읽어나갔다. 미히가 정수리로 노트북을 받쳤다.

새로운 남성 영웅의 형상을 제안하며
―미시마 유키오와 대량 총기 난사범의 결합

우리의 새로운 영웅은 순교와 폭동 사이에서 표류하고 있다.

우리의 새로운 영웅은 자살과 살인 사이에서 번뇌하고 있다.

첫 번째 검열 단어 때 열사들은 전태일 열사처럼 몸에 기름을 뿌리고 라이터를 당겼다.

두 번째 검열 단어 때 열사들은 미국문화원을 방화했던 선배들처럼 검열 단어를 불태웠다.

지금 우리는 우리의 메시지를 전하기 위하여 우리 자신을 희생할 것인가, 다른 사람을 희생시킬 것인가 결단하지 못하고 있다. 우리는 통합하여야 한다. 자신을 희생하지 않으면 존경받지 못하고, 남을 희생시키지 않으면 무시당하므로, 나는 새로운 영웅의 형상으로 자신만 죽은 미시마 유키오와 남만 죽인 브렌튼 태런트의 결합을 제안한다.

근래의 열사들이 존경을 받기는커녕 비웃음을 사는 까닭은 극기심과 자기희생이 부족하기 때문이다. 다른 사람을 죽이고 자기 자신을 죽일 계획이었던 인간이 자살에 실패하는 것보다 볼썽사나운 일이 없다. 이념의 전파라는 측면에서 그것은 안 하느니만 못한 짓이다.

반대로 '덴노헤이카 반자이'를 외치고 자결한 미시마 유키오도 비웃음을 사기는 마찬가지다. 미시마는 죽음이라는 인간의 최종 두려움을 극기하였으나, 세상에 해를 입히지 않고 스스로 소멸함으로써 대중의 영혼에 흔적을 남기지 못하였다. 인간은 자신을 죽일 수 있는 위협만을 진지하게 여긴다.

바보들이여, 중요한 것은 순서의 전복이다. "연쇄살인보다 대량 학살이 이득"이라던 체코의

다비트 코자크는 14명을 죽이고 자살했다. "그저 하나의 멍청하고 지루한 자살보다 인류의 진화를 위하여 총격이 낫다"고 썼다고 추정되는 미국의 나탈리 럽나우는 3명을 죽이고 자살했다. 죽인 뒤 죽은 이들은 과도기적 영웅에 불과하다.

먼저 자살한 뒤 검열 단어하라. 미시마처럼 단도로 자기 배를 왼쪽에서부터 죽 잡아당김으로써 자기희생의 의지를 보인 후에 비록 피 흘리고 비틀거리고 넘어지고 무릎으로 길지라도 인간을 넘어선 초인간으로서 더없이 정결한 정신 속에서 맑은 눈을 빛내며 세상을 파괴하라. 그러면 너는 인류가 눈을 감고 떠올릴 때 나타나는 단 하나의 강렬하고 구체적인 형상이 되어 영원히 살 것이다.

—응, 다음 인셀.
—이 새끼 프락치임. 우리 죽이려고 저

ㅈㄹ하는 거임.

　—님 먼저 '복학' 인증.

　—이 새끼 집에 가봄. 씨발아, 너는 테스토스테론부터 맞아라. 젖탱이 존나 늘어짐.

　댓글까지 선언의 일부인 양 읽어가던 중수는 어느새 잠들어 있었다. 꿈에 자취방을 찾아왔던 어린 셀붕이가 나왔다. 한여름인데도 검은색 파카를 입고 귀마개까지 쓴 그는 기껏해야 고등학생으로 보였다.

　그가 초인종을 눌렀다. 중수는 걸쇠를 건 채 문을 열고 칼을 휘둘러도 닿지 않을 위치까지 물러나 상대를 촬영했다. 먼저 왔던 인간들은 문을 잡아당기고 고함을 질렀지만 침입하려는 게 아니라 라이브 방송용으로 침입을 흉내 낼 뿐이었다. 그런데 그는 오히려 문을 닫았다. 닫힌 문 뒤에서 안도하던 중수는 왠지 더욱 불안해져 문구멍으로 복도를 살폈다.

　그는 오피스텔 복도 계단에 휴대폰 삼각대를 설치하고 인스타그램 라이브 방송을 켰다. 그러고는 문구멍 너머의 중수를 보며 옷을 벗었다. 팬티 바람의 그는 심각하게 말라서 짐승이 옆구리를 할퀸 듯 갈비뼈가 선명하게 보였다. 가방에서 물병을 꺼낸 그가 액체를 몸에 뿌렸다. 중수는 냄새를 맡을 수 없었고 아니, 문만 열면 그것이 휘발유 냄새인지 확인할 수 있었지만, 겁에 질려 숨도 쉬지 못하고 문 뒤에 숨어 그의 몸에 액체가 뿌려지는 것을 바라보았다.

　'먼저 자살한 뒤 살해하라.' '먼저 자신을 희생한 뒤 남을 희생시켜라.' 중수의 뇌리에 자신이 창조한 순서의 전복이 스쳤으나, 이상하게도 한 명의 시청자가 되어 그의 라이브 방송을 구경하는 것 같았다. '와, 저 새끼 지가 선동하더니 몸에 기름을 붓는데 나와보지도 않네.' 중수의 머릿속에 실시간 댓글이 지나갔다.

    삭삭, 낚시 칼로 생선 비늘을 거슬러 긁듯, 어린 셀붕이는 자기 몸을 작은 칼로 긋기 시작했다. 담담한 얼굴로 문구멍 너머의 중수를 안심시키듯, 너의 꿈을 내가 실현한다는 듯, 너의 선언문을 내가 실사화한다는 듯, 온몸을 망설임 없이 칼로 얇게 저몄다. 피가 물에 섞여 묽은 장밋빛이 된 소년은 고개만 갸웃거렸다. '미시마 유키오로 시작해 브렌튼 태런트로 끝내라.' 중수는 그가 무슨 생각을 하는지 알 것 같았다. 그는 할복할 것이었다. 그리고 자신의 할복을 막기 위해 문을 연 중수를 공격할 것이었다. 그렇게 우리의 약속대로 먼저 자기가 죽고 후련하게 남을 죽일 것이었다. 그는 중수에게 말하고 있었다. 우리의 새로운 영웅적 형상을 위하여 나는 나를 희생하였으니 너도 너를 희생하라. 중수가 119에 전화해 처음 한 말은 "살려주세요"였다.

고등학생인 줄 알았던 중학생의 자해 사건은 영상으로 퍼졌다. 그는 다행히 몸에 깊은 상처를 내지 않았다. 영상에 담긴 것은 그의 자해가 아닌 문조차 열지 않은 중수의 나약함이었고 영상의 제목은 〈쫄?〉이었다.

잠에서 깨어난 중수는 얼굴 옆 작은 웅덩이를 찍어 먹어보았다. 침이 아니라 눈물이었다. 맨바닥에서 잔 것으로 기억하는데 아래 요가 매트가 깔리고 목에 둘둘 만 수건이 끼어 있는 것을 보니 잠자리가 정 선생의 손을 탄 듯했다. 거실에는 중수뿐이었다. 시간이 얼마나 흘렀는지 알기

어려웠고 머리만 작살나게 아팠다.

"일어났으면 연마 시중이나 들어."

부엌에서 다리 떠는 형의 목소리가 들렸다. 그에게 어디까지 이야기하였는지 헷갈렸다. 중수는 그와 엉덩이를 붙이고 싱크대에 나란히 서서 숫돌에 깨끗한 물을 부어가며 면도날을 갈았다. 두 사람이 텍사스에 가지 못하는 까닭은 다리 떠는 형이 1인 항공권 값을 두 사람 몫인 줄 착각했기 때문이었다.

"아니, 190만 원이라고 나오기에 200만 원만 모으면 되는 줄 알았더니 한 사람 비행기 값이 190만 원이더라고. 그건 못 가지."

다리 떠는 형은 텍사스에 갈 수 있었지만, 누군가 혼자만 뒤에 남는 것이 끔찍해서 중수와 함께 정기 여름 여행을 포기했다. 처음부터 포기했던 여행은 그의 선량함으로 다시 한번 포기되었다.

"내가 신학대 중퇴자야." 다리 떠는 형이 날을 갈며 말했다.

정 선생이 그에게 저녁을 먹고 가라고 했지만 저녁 먹이고 또 알약 러시안룰렛 시킬 것 같다며 그냥 가겠다고 했다. 헤어지며 다리 떠는 형이 중수에게 작은 수첩을 주었다. "주는 거 아니고 빌려주는 거다." 윤기가 도는 검은색 표지에 'SOTD'라고 흘림체로 적은 견출지가 붙어 있었다.

"잊어주세요." 중수는 수첩에 적힌 손 글씨를 뚫어지게 보며 말했다.

"나는 매일 면도 일기를 써." 다리 떠는 형이 말했다.

"그건 그냥 장난이었어요. 제가 한 말을 모두 잊어주세요."

"일기를 쓰는 것이 낫다고 생각해."

하지만 일기에서는 자기 배꼽 냄새가 나는데? 중수는 형이 악필로 적은 오늘의 면도 일기를 읽으며 생각했다.

SOTD(Shave of the Day)
2025년 1월 19일
Razor: Wacker. Brush: Omega Boar. Soap: PAA Bay Rum. After: PAA Bay Rum. 오메가 돼지털로 피닉스 베이럼 로딩 후 페이스 래더링. 돼지털이 점차 길이 들어서 부드러워지기 시작. 그래도 아직 물을 많이 머금지 못해 거품이 너무 빨리 마름. 일자 면도를 할 때는 좀 더 물을 넣어줘야 할 듯. 바커 제품은 역방향에서 수염이 조금 걸리는 느낌이 들어 조만간 8천 방 숫돌에서 날을 다시 잡고 만 2천 방에서 마무리하면 될 듯. 비행기표 알아볼 것.

당신은 내면에서 웅장하게 울려 퍼지는 목소리에 대하여 어떤 견해를 가지고 있는가? 그것을 포기할 수 없을 때 포기할 수 있는가? 중수가 형을 배웅하고 오는 길에 활녀 방에서 속삭이는 소리가 들려 문을 열어보니 미히가 활녀의 무릎을 베고 할머니의 우정 상담을 들으며 중얼대고 있었다.

"아니요, 아니요, 그거 말고요, 그것으로는 부족해요, 더 옛날이야기를 해주세요, 더 아픈 이야기를 해주세요, 특수를 거쳐 보편으로 가주세요."

작가의 말

영포티의 소설 쓰는 삶

영포티가 멸칭까지는 아니지만 누가 뭐랄세라 '내가 그것이오' 먼저 고백해 나쁠 것은 없으리라. 내가 그것이고 그런 사람으로서 소설을 마감하던 날의 풍경을 소개함으로써 작가의 말을 갈음하고자 한다—이것이 바로 40대 직장인의 말투.

마감 직전에는 거의 잠을 자지 않고 원고를 계속 보는데 글에 대한 회의감이 비이성적인 수준에 달하기 때문이다. 처음부터 다시 쓰고 싶어, 처음부터 다시 쓰고 싶어, 뺨을 살짝 살짝 쳐가며 낱낱이 분리되는 글자를 붙잡고 늘어진다. 이런 정신없는 와중에도 까먹으면 안 되는 일을 기억하려고 많은 알람을 맞춘다. 예컨대 가족의 병원 진료 예약이라거나.

"일어나셨죠?" "가고 계시죠?" "어디로 가셔야 하는지 아시죠?" "지금 몇 층이세요? 직원으로 보이는 사람을 바꿔주세요" 통화하면서 원고를 고친다. 다음번 진료 일정을 알리는 문자가 오고 나서야 안심한다. 혼자 병원에 간 가족이 제대로 된 방에 들어가 약속된 의사를 만나고 나왔다는 뜻이니까. 소설에서는 가족들이 약 먹고 술 먹고 소동을 벌이고 있다. 제대로 막 나가지 못하면서 충분히 정리되지도 않은 채로.

환자를 향한 가족들의 (무관심까지는 아니지만) 저하된 관심이, 어떤 미신적인 루트를 통해 검사 결과를 나쁘게 만들까?
병세를 악화시킬까? 찜찜해하면서도 계속
원고를 본다. 왕 큰 자아를 가진 사람이
소설을 쓰기도 하지만, 소설이 쓰는 사람에게
자기중심성을 강제·강화하기도 한다. 그래서
쓰는 일은 언제나 약간이라도 죄를 짓는
일이다. 어쨌든 여기까지가 포티의 삶이라면
저 아래 영(young)의 삶도 흐른다.

 저기에 시가 아니라 선언문이 적혀야
하는데……. 지하철 스크린 도어를 보며
생각하곤 한다. 열차를 기다리며 남의 열정
어린 주장과 왜곡된 관점을 읽고 싶다. 그러다
수틀리면 나도 하나 써서 서울시에 응모하고.
마음이 터져나갈 듯 속으로 선언문을 써
내려가던 시기가 있었다. 총기 난사범의 영문
매니페스토를 출력해 앞부분만 읽고 버렸던
기억이 있다. 여러 기억의 조각을 모아 소설을

쓰다 보면 어느새 소설이 내 삶과의 연관을 끊고 훨훨 날아간다. 그 멀어짐과 비약이 재밌어 가족의 병원에 따라가지도 않고 소설을 쓰는지도 모르겠다.

    마지막으로 〈위픽〉 시리즈를 만든 스토리팀과 특히 담당 편집자 선희 님께 감사한다. 처음 계약했을 때도, 웹에 실린 소설을 공짜로!! 읽을 때도, 책의 디자인—'책꾸'를 부르는 격자무늬와 밑동을 가린 신비로운 표지 문구—을 접했을 때도, 비소설 작가들의 소설을 읽으며 문단 문학의 영역이 넓어진다고 느꼈을 때도, 무엇보다 시리즈의 한 단락이 끝나는 지금, 즐겁고 감사했다고 말하고 싶다.

2025년 10월

이미상

한 조각의 문학, 위픽

구병모   《파쇄》
이희주   《마유미》
윤자영   《할매 떡볶이 레시피》
박소연   《북적대지만 은밀하게》
김기창   《크리스마스이브의 방문객》
이종산   《블루마블》
곽재식   《우주 대전의 끝》
김동식   《백 명 버튼》
배예람   《물 밑에 계시리라》
이소호   《나의 미치광이 이웃》
오한기   《나의 즐거운 육아 일기》
조예은   《만조를 기다리며》
도진기   《애니》
박솔뫼   《극동의 여자 친구들》
정혜윤   《마음 편해지고 싶은 사람들을 위한 워크숍》
황모과   《10초는 영원히》
김희선   《삼척, 불멸》
최정화   《봇로스 리포트》
정해연   《모델》
정이담   《환생꽃》
문지혁   《크리스마스 캐러셀》
김목인   《마르셀 아코디언 클럽》
전건우   《앙심》
최양선   《그림자 나비》
이하진   《확률의 무덤》
은모든   《감미롭고 간절한》
이유리   《잠이 오나요》
심너울   《이런, 우리 엄마가 우주선을 유괴했어요》
최현숙   《창신동 여자》

연여름　《2학기 한정 도서부》
서미애　《나의 여자 친구》
김원영　《우리의 클라이밍》
정지돈　《현대적이라고 말할 수 없는 죽음들》
이서수　《첫사랑이 언니에게 남긴 것》
이경희　《매듭 정리》
송경아　《무지개나래 반려동물 납골당》
현호정　《삼색도》
김　현　《고유한 형태》
이민진　《무칭》
김이환　《더 나은 인간》
안　담　《소녀는 따로 자란다》
조현아　《밥줄광대놀음》
김효인　《새로고침》
전혜진　《고르디우스의 매듭을 자르면》
김청귤　《제습기 다이어트》
최의택　《논터널링》
김유담　《스페이스 M》
전삼혜　《나름에게 가는 길》
최진영　《오로라》
이혁진　《단단하고 녹슬지 않는》
강화길　《영희와 제임스》
이문영　《루카스》
현찬양　《인현왕후의 회빙환을 위하여》
차현지　《다다른 날들》
김성중　《두더지 인간》
김서해　《라비우와 링과》
임선우　《0000》
듀　나　《바리》
한유리　《불멸의 인절미》
한정현　《사랑과 연합 0장》
위수정　《칠면조가 숨어 있어》
천희란　《작가의 말》
정보라　《창문》
이주란　《그때는》
김보영　《헤픈 것이다》
이주혜　《중국 앵무새가 있는 방》

정대건 《부오니시모, 나폴리》
김희재 《화성과 창의의 시도》
단 요 《담장 너머 버베나》
문보영 《어떤 새의 이름을 아는 슬픈 너》
박서련 《몸몸》
금정연 《모두 일요일이야》
박이강 《잡 인터뷰》
김나현 《예감의 우주》
김화진 《개구리가 되고 싶어》
권김현영 《수신인도 발신인도 아닌 씨씨》
배명은 《계화의 여름》
이두온 《돈 안 쓰면 죽는 병》
김지연 《새해 연습》
조우리 《사서 고생》
예소연 《소란한 속삭임》
이장욱 《초인의 세계》
성해나 《우리가 열 번을 나고 죽을 때》
장진영 《김용호》
이연숙 《아빠 소설》
서이제 《바보 같은 춤을 추자》
권희진 《일단 믿는 마음》
정이현 《사는 사람》
함윤이 《소도둑 성장기》
백세희 《바르셀로나의 유서》
이현석 《고백의 시대》
임솔아 《엄마 몰래 피우는 담배》
김유원 《와이카노》
백온유 《연고자들》
김 홍 《곰-사냥-인간》
김유나 《공》
권혜영 《그냥 두세요》
박지영 《찰스 부코스키 타자기》
신 민 《추분》
이미상 《셸봉이의 도》